ERNEST LAFOND

SONNETS

AUX ÉTOILES

ÉDITION ELZÉVIR
Avec Portrait à l'eau forte

MACON
EX TYPIS PROTAT
1881

SONNETS AUX ÉTOILES

Imp. A. Salmon.

ERNEST LAFOND

SONNETS

AUX ÉTOILES

ÉDITION ELZÉVIR

Avec Portrait à l'eau forte

MACON.

EX TYPIS PROTAT

1881

AUX DAMES * * *

Ces *vers où si souvent votre image rayonne,*
Mesdames, déformais le monde les lira :
Que votre modestie aujourd'hui me pardonne,
Ce n'est pas moi, c'est vous que l'on applaudira.

Les fleurs dont j'ai jadis tressé votre couronne
Exhalent un parfum si doux qu'il trahira
Le vague incognito dont je vous environne ;
Je ne dis pas vos noms . . . mais on se les dira.

Eſt-ce une trahiſon ? Faut-il que je m'accuſe
D'une déloyauté dont vous êtes l'excuſe ?
Si j'ai franchi le ſeuil de vos ſalons diſcrets . . .

Je veux bien à vos pieds en faire pénitence;
Je n'aurai plus alors ni remords ni regrets
De m'être fait l'écho de ce que chacun penſe.

Toiriat, 1880.

PROFESSION DE FOI

JE n'ai pas, comme Fauſt, à l'infernal démon
Vendu mon âme au prix de vingt ans de jeuneſſe ;
Pourquoi remplir encor la coupe de l'ivreſſe ?
Pourquoi de l'avenir reculer l'horizon ?

Qand de mes jours mûris s'approche la moiſſon,
Pourquoi ſemer encor dans des champs ſans promeſſe ?
Laiſſons au vieux damné ſa hautaine raiſon ;
Je veux garder mon âme & garder ma vieilleſſe !

Je n'ai plus dans le cœur une goutte de fiel :
Dans ma courſe j'ai vu tant de métamorphoſes,
Que rien ne me ſurprend dans les faits & les choſes.

De tous mes ſouvenirs j'ai recueilli le miel,
Sans porter de rancune aux épines des roſes;
Je puis aimer encor... mais comme on aime au ciel!

PRÉFACES

PREMIÈRE PRÉFACE

I

Quoi bon une préface ? Je n'ai pas de fyftème littéraire à défendre ; je n'ai à traiter ni la queftion du romantifme paffé de mode ni celle du naturalifme aujourd'hui triomphant : d'ailleurs, dans ces queftions brûlantes, je ferais néceffairement battu, parce que, à coup fûr, mon modefte volume n'aura pas foixante ou cent éditions comme ceux de l'illuftre écrivain qui, dans fes jugements fur la littérature moderne, s'eft fi hardiment prononcé pour les gros bataillons.

Je ne parlerai donc ici que dans l'intérêt de mes lecteurs & non dans le mien, comme on va le voir.

En feuilletant le manufcrit qui fert à cette publication, j'ai retrouvé une pièce de vers de mon regretté

neveu, le comte Lafond, qui m'a paru charmante &
bien digne de vous être préfentée.

Je fuis heureux de pouvoir encore écrire fon nom
en tête de ce volume; la reffemblance de nos goûts, la
conformité de nos fentiments étaient telles que la
hiérarchie de l'âge difparaiffait entre nous. D'ailleurs,
la raifon devançait, chez lui, l'époque de la maturité,
& je puis dire qu'il s'avançait plus vers moi que je ne
reculais vers lui. J'aime à me rappeler que dans fes
lettres il m'appelait gaiement fon fidèle hémiftiche : il
femblait alors que l'un complétât l'autre.

Voici la pièce de vers ; elle eft de l'année 1846. Le
jeune poète avait donc vingt-cinq ans.

> *C'eft le défir & le regret*
> *Qui font chanter tous les poètes;*
> *Le bonheur eft toujours fecret :*
> *Il n'a pas befoin d'interprètes.*
>
> *C'eft quand il neige, en plein hiver,*
> *Qu'on fonge à la faifon fleurie*
> *Et qu'on regrette le bois vert*
> *Et le penchant de la prairie.*
>
> *C'eft fur mer que le matelot*
> *Rêve la terre & le feuillage,*

Et , laſſé du roulis du flot ,
Penſe au clocher de ſon village.

Le bonheur eſt où l'on n'eſt pas ;
C'eſt dans l'exil que la patrie
Vient de loin nous tendre les bras ,
Ainſi qu'une amante chérie.

C'eſt en priſon qu'on a chanté
Du ton le plus fier, le plus libre,
Le bonheur de la liberté
Dont le nom ſeul dans le cœur vibre.

C'eſt l'abſence qui fait trouver
Qu'on aime une image adorée ;
Le ſouvenir la fait rêver
Plus charmante & plus déſirée.

C'eſt ſur terre qu'on rêve au ciel
Qu'on ſe crée à ſa fantaiſie :
Comme l'abeille fait ſon miel ,
L'homme ſe fait sa poéſie.

Bonheur ou malheur, ici-bas,
Toute la vie eſt ainſi faite :
On déſire ce qu'on n'a pas ,
Ce qu'on n'a plus on le regrette.

Ah! c'eſt que, déſir & regret,
Il eſt un lieu, tout nous le prouve,
Où l'on a ce qu'on déſirait,
Ce qu'on regrette on le retrouve.

II

J'ai encore une communication intéreſſante à vous faire. A travers les feuillets de ce même manuſcrit, je retire un ſonnet inédit de Félix Arvers. Il fut mon contemporain d'âge & d'études. Je le recevais quelquefois en Nivernais, où ſes vives ſaillies & ſa gaieté doucement railleuſe charmaient nos loiſirs campagnards. J'ai été, je n'en doute pas, un des premiers à recevoir la confidence du fameux ſonnet qui a ſuffi pour donner à ſon nom une célébrité que n'atteignent pas toujours les gros livres.

C'eſt en 1844, à ſa dernière viſite à Prunevaux, qui précéda de peu ſa maladie & ſa mort, que, pour payer une hoſpitalité qui nous était plus précieuſe qu'à lui-même, il nous laiſſa le beau ſonnet que vous allez lire :

Dans des vers immortels, que vous favez fans doute,
Dante, acceptant d'un prince & le toit & l'appui,
Des chagrins de l'exil abreuvé goutte à goutte,
Nous a montré fon cœur tout plein d'un fombre ennui,

Et combien eſt amer pour celui qui le goûte
Le pain de l'étranger, & tout ce qu'il en coûte
De monter & defcendre à l'efcalier d'autrui...
Moi, qui ne le vaux pas, j'ai trouvé mieux que lui.

Ici, malgré fes vers de funeſte préfage,
J'ai trouvé le pain bon & meilleur le vifage,
Et l'opulent bien-être, & les plaifirs permis.

C'eſt que Dante, égaré dans des fphères trop hautes,
Avait un protecteur, & que moi j'ai des hôtes ;
C'eſt qu'il avait un maître & que j'ai des amis.

Ce fonnet, que nous avons en autographe, a été
imprimé par erreur & fans fignature dans le charmant
volume de poéfies inédites publiées après la mort de
mon neveu le comte Lafond, qui fans doute en avait
une copie & l'avait mêlée à fes papiers.

III

Maintenant, cher lecteur, fi vous lifez cette préface, vous reconnaîtrez que je vous fais bonne bouche. Sans doute, c'eft aux dépens de ce que vous lirez plus loin; mais j'efpère que vous me tiendrez un peu compte de mon défintéreffement.

E. LAFOND.

Château de Toiriat, juillet 1880.

DEUXIÈME PRÉFACE

D E la publicité la trop vaste tribune
  Pour ce livre m'effraye & ne m'attire pas :
  Si jamais on le lit, qu'on le lise tout bas,
Sans bruit, sans exiger de réclame importune.

Ma vie est déjà longue, & je suis un peu las,
Non pas d'avoir couru la gloire & la fortune,
Mais d'avoir trop chanté le soleil & la lune,
Les femmes & les fleurs, la neige & les frimas.

Je vais me repofer bientôt, & je vous livre,
Comme un adieu prochain, ce pauvre petit livre;
Amis, vous en ferez un fujet d'entretien;

Et mes petits-enfants, qui voudront me connaître,
Diront en me lifant : Notre aïeul devait être
Un poète ignoré, mais un homme de bien.

UN ENNEMI DU SONNET

P UBLIER *vos sonnets! quelle mouche vous pique?*
C'est un genre ennuyeux, je vous le dis tout net.
— Permettez, permettez, cher monsieur, le sonnet
Est un cadre mignon, une médaille antique,

Un coffret cifelé. — Dites donc un cornet. —
Ils font courts. — Mais nombreux; leur race est prolifique,
Et j'aimerais mieux lire un long poème épique.
Quand il est ifolé, c'est un fat en corfet.

Puis le trait de la fin... Toujours la même chute ;
Dans le même foſſé c'eſt la même culbute ;
Ce que Molière en dit, vous vous en ſouvenez ?

Il va parler encor... Je vous paſſe le reſte ;
Mais n'allez pas, lecteur, ſouhaiter, comme Alceſte,
Que je faſſe une chute à me caſſer le nez.

SONNETS

PHILÉMON & BAUCIS

IER, l'Amour, vêtu d'un habit de voyage,
Le long de mon logis fe gliffait à pas lents,
Comme en crainte du guet & des honnêtes gens.
Je courus après lui pour le prendre au paffage :

— Veux-tu donc nous quitter, lui dis-je, enfant volage ?
Et lui, d'un ton bourru : N'eft-il pas bientôt temps ?
Vous allez vers l'hiver, je retourne au printemps.
— Ah ! refte-nous au moins jusqu'aux glaces de l'âge.

— Y penſes-tu, pauvre homme?... As-tu donc oublié
Qui je ſuis, moi, l'Amour, le dieu des infidèles,
Qui change de pays comme les hirondelles?

Conſole-toi pourtant : tes pleurs me font pitié;
Garde-moi le ſecret, je vais cacher mes ailes
Et reſter près de vous ſous le nom d'amitié.

1870.

A MON AMI Ch. de M*** [1]

N EMROD de la Chaudeau, des Vofges & du Doubs,
Entouré de tes chiens, fouvent ton cor réfonne
Au milieu des forêts! C'eft l'hallali qui fonne
Son hymne funéraire aux mânes des vieux loups.

Tu fembles oublier que tu fus comme nous
Poète, & fis des vers que l'amour affaifonne.
Ami, nous arrivons à l'âge où l'on tifonne ;
Il nous faut revenir à des plaifirs plus doux.

[1] *Avec un exemplaire de ma traduction des* Contem-
porains, *de Shakefpeare.*

Voici Ben, Maffinger... & d'autres à leur fuite;
Tu peux les réunir à la troupe d'élite
De nos grands écrivains qu'on n'a pas remplacés;

Nous vieillirons au moins en bonne compagnie,
Et, réchauffant nos cœurs au feu de leur génie,
Nous referons des vers à nos amours paffés.

1872.

A MON AMI Ch. de M***

Enfants, nous avons fait l'école buissonnière...
Ensuite nous avons battu d'autres buissons,
Fait des vers amoureux, des sonnets, des chansons,
Et couru des viveurs la fougueuse carrière !

Puis on nous vit, couverts de boue & de poussière,
Chasser lièvres, chevreuils, loups, sangliers, aux sons
Éclatants de nos cors soufflés à pleins poumons...
L'hallali fut longtemps notre unique prière.

Ami, nous voilà vieux ; chacun doit être prêt
A la voix qui criera : Changement de forêt !
Il faut donc vers le Ciel diriger notre chaſſe,

Et ſonger à notre âme après un long oubli !
Notre grand ſaint Hubert nous y garde une place,
Et pour nous recevoir ſonnera l'hallali.

1872.

A MADAME LA COMTESSE D. F***

Mère de trois charmantes filles.

’ÉTAIT fête chez vous! on y dînait! Avril
Sur votre table avait répandu fa corbeille
Qui regorgeait de fleurs : il revenait d’exil,
Avec le roffignol, l’hirondelle & l’abeille.

Il rapportait des fleurs de l’Inde & du Bréfil,
Violettes de Parme, anémone vermeille,
Fleurs d’or du mimofa venu des bords du Nil,
Camélias orgueilleux & mainte autre merveille.

Mais ces rares tréfors d'un foleil plus clément,
Madame, n'ont pour moi qu'un paffager preftige,
Et leur éclat trop vif me trouve indifférent.

J'ai fait choix de trois fleurs dont vous êtes la tige :
Une rofe, un œillet, un lys, groupe charmant
Dont le parfum nous donne un vague & doux vertige.

Villa des Hirondelles, 1872.

A LA PRINCESSE R***

Le lys du précédent sonnet.

C'EST fort beau d'être jeune, & pourtant, le dirai-je ?
La vieilleffe & le foir ont leur charme & leur prix.
Depuis que l'âge mûr eft venu, j'ai compris
Que Dieu donne aux vieillards un charmant privilège.

Il faut congédier le féduifant cortège
Des efpoirs printaniers que le foir a furpris...
Mais, pleins des fouvenirs dont ils furent épris,
Nos cœurs, comme les prés, reftent verts fous la neige.

Et favez-vous quel eft notre droit le plus doux?
C'eft de pouvoir, tout haut, fans rivaux ni jaloux,
Sans bleffer un fcrupule & fans porter ombrage,

Sans ôter un atôme au duvet de la fleur,
Refpirer fon parfum, admirer fa couleur,
Et vous offrir, Madame, un fympathique hommage.

Villa des Hirondelles, 1872.

REGRETS ET SOUVENIRS

A la même, deux ans plus tard.

UAND des pays glacés elle prit le chemin,
D'un doux & fol efpoir nous fentions la careffe;
En lui difant adieu je lui ferrai la main
Et promis, au retour, un fonnet d'allégreffe.

Hélas! ce jour d'adieu n'eut pas de lendemain...
Nous ne la verrons plus ici-bas... Mort traîtreffe,
Tu nous as tous frappés par ce coup inhumain,
Et ce fonnet promis eft un chant de trifteffe!

Ah ! ce lys merveilleux qu'autrefois j'ai chanté
Avec l'œillet, la rofe & tout un beau parterre, [1]
Dans les jardins du Ciel le voilà tranfporté !

C'eft là-haut qu'il fleurit dans la divine fphère ;
Mais pour nous confoler fur notre pauvre terre,
Son pur & doux parfum dans nos cœurs eft refté !

Villa des Hirondelles, 1875.

[1] *Allufion aux deux fonnets précédents.*

SUR L'ÉVENTAIL DE Mme DE C***

S UR ce frêle éventail que vous m'avez prêté,
Accordez-moi, Madame, une place modefte
Pour trois mots feulement : efprit, grâce & beauté ;
Chacun en vous voyant devinera le refte.

Villa des Hirondelles, 1872.

A MADAME LA DUCHESSE DE V***

Ɖᴇ ce Paris brumeux, où la neige foifonne,
J'envoie à la mer bleue un foupir de regrets,
Mon rêve au doux foleil qui fur fes flots rayonne,
Un écho de mon âme aux échos des forêts.

J'envoie un fouvenir aux ombrages difcrets,
Aux arbuftes, aux fleurs qui font une couronne
A la villa fplendide où, belle autant que bonne,
Vous vous laiffez aimer de loin comme de près.

J'envoie à tous ces lieux que l'azur environne,
A ces champs où bientôt fleurira l'anémone,
L'efpérance qu'un jour je les reverrai tous!

Et pour mieux m'affurer un retour favorable,
J'envoie une humble obole à l'œuvre charitable
Qui m'a valu, Madame, une lettre de vous!

    Villa des Hirondelles, 1873.

SONNET DES ROSES

A Madame la marquiſe de G***

ON nous avait promis que vous alliez venir
Nous cueillir ſur la tige où nous ſommes éclofes ;
En vain nous attendons... Le temps va nous ternir,
Nous nous effeuillerons : c'eſt le deſtin des roſes !

Fleuriſſez, nous a dit l'Auteur de toutes chofes ;
Toutes, nous fleuriſſons ſans prévoir l'avenir,
Ni le froid, ni l'hiver & ſes métamorphoſes.
Hélas ! tout vieux roſier fait à quoi s'en tenir.

L'enfer de Francefca, que vous décrivit Dante,
Nous pourfuit ici-bas quand furvient la tourmente ;
Auffi nous émigrons & nous venons à vous.

Soyez hofpitalière aux pauvres égarées ;
Donnez-nous un abri... Le paradis pour nous
Sera d'être un inftant & par vous refpirées.

Villa des Hirondelles, 1873.

LA JEUNE FILLE ET LA MER

A Mademoiſelle * * *

Tu reſſembles, ô mer, à l'enfant que j'admire !
Tu reflètes en toi l'azur de ſes yeux bleus ;
Ton sourire brillant rappelle ſon ſourire ;
Le ſoleil qui t'inonde eſt l'or de ſes cheveux.

Si tu ſembles parfois murmurer des aveux
A la rive diſcrète où ton flot pur expire,
C'eſt ſon cœur qui, naïf, ſe répand & ſoupire
Dans le ſein maternel le ſecret de ſes vœux.

Ton murmure eft fa voix; ta brife eft fon haleine;
Elle danfe & bondit comme toi, toute pleine
De doux frémiffements, de rire & de gaieté!

Mais la vie & la mer redoutent les orages ...
O mer! garde pour toi les vents & les naufrages;
Laiffe-lui les beaux jours & la férénité!

Villa des Hirondelles, 1874.

A LA MÉDITERRANÉE

J'aime peu l'Océan, ivrogne à longue haleine,
Chancelant dans fa marche, altéré nuit & jour,
Qui boit, vide & remplit fon verre tour à tour;
Mais toi, charmante mer, ta coupe eft toujours pleine!

Et toujours ton flot pur comme un collier s'égrène
Le long de ton rivage en murmures d'amour;
Et quand l'autre a les cris glapiffants du vautour,
Ta brife a les foupirs de notre voix humaine!

Combien devait t'aimer ce Grec aventureux
Qui, de peur de fubir tes baifers orageux,
Se faifait attacher au mât de fon navire !

Tu nous charmes encor, Sirène des païens;
Ton chant, comme autrefois, dans les flots nous attire,
Mais, moins fages que lui, nous brifons nos liens.

Villa des Hirondelles, 1874.

A MADAME D ***

Au temps où ma jeuneſſe, hélas! beau temps paſſé!
Se laiſſait follement ſurprendre à chaque piège;
Où mon cœur bondiſſait, léger comme le liège
Dans le ruiſſeau rapide étourdiment lancé;

Où mon corps était droit comme un chêne élancé;
Où ma barbe était d'or au lieu d'être de neige,
Mes vers ont eu, parfois, plus d'un doux privilège;
Mais en faire aujourd'hui ferait être infenſé.

Quand on fent arriver la vieilleffe morofe,
N'ayant plus d'efpérance, on doit écrire en profe;
Pourtant, je vous promis des vers... & les voici :

Madame, payez-les, pour m'ôter tout fouci,
D'un mot à double fens qui dira double chofe :
Merci pour le fonnet, & pour l'auteur, merci!

Villa des Hirondelles, 1874.

A MADEMOISELLE Jeanne C***

ONTER aux ceriſiers pour cueillir des ceriſes,
Courir au poulailler compter chaque pouſſin,
Faire des repoſoirs aux portes des égliſes,
Commencer un tricot qui n'aura pas de fin,

Comme un chevreau bondir, livrer aux folles briſes
Ces beaux cheveux friſés, la nuit, par un lutin,
Réciter les leçons tout en courant appriſes,
Gambader dans le parc, chanter ſoir & matin,

Ce font là vos plaifirs, Jeanne, & pour votre fête,
Au milieu de ces fleurs joyeufes, je fouhaite
Que vous reftiez enfant & ne grandiffiez pas.

Car l'avenir eft fombre & vient chargé d'orage ;
Si la barque eft petite, elle refte au rivage,
Quand les plus lourds vaiffeaux briferont leurs grands mâts !

Château de Beaujeu, 1874.

POUR L'ANNIVERSAIRE DE LA NAISSANCE

DE MADAME A. E***

M E voilà parmi ceux qui viennent à la ronde
Vous apporter leurs vœux de joie & de bonheur ;
Absent, j'aurais lâché mon fonnet voyageur
En dirigeant vers vous fon aile vagabonde.

Oui, fur la mer de glace, à l'autre bout du monde,
Votre cher fouvenir eût réchauffé mon cœur,
Et des bords parfumés que le vieux Nil féconde
Il vous fût parvenu comme un lotus en fleur !

Mais, fi de l'avenir je foulève le voile,
Il me faudra bientôt rejoindre une autre étoile...
Mon âme, à pareil jour, en defcendra fans bruit,

Et fi vous lui prêtez votre oreille endormie,
Vous entendrez, Madame, à l'heure de minuit,
L'ombre d'un doux fonnet offert par l'ombre amie.

Villa des Hirondelles, 1875.

LES RÉGATES DE CANNES

A Madame A. E***

LORSQUE dans mon logis je vous vis apparaître,
Ce fut un vrai bonheur, & j'en fus orgueilleux;
Mais G*** prétend que c'eſt à ma fenêtre
Que vous rendiez viſite afin d'admirer mieux

La lutte des marins à travers les flots bleus,
Et nullement à moi!... Le propos eſt d'un traître;
Ce jaloux prend-il donc pour un fat amoureux
Le vieil ami qui jeune aurait déſiré l'être?

Au lieu d'offrir mon cœur, je vous offris un lunch,
Des glaces, des bonbons et des fondants au punch.
Mais c'était, je l'avoue, une maigre largeſſe !

Si j'avais eu, Madame, un faucon favori,
Rôti ſur un grand plat, je vous l'aurais ſervi,
Comme fit un beau page à ſa noble maîtreſſe.

Villa des Hirondelles, 1875.

A MADAME L ***

O n naît, on crie, on pleure, on commence à fourire,
On court aux papillons de toutes les couleurs,
On joue à la poupée & l'on apprend à lire ;
Car toujours à la joie il fe mêle des pleurs.

On devient jeune fille & l'on cueille des fleurs,
On brode, on peint, on rêve, & parfois on foupire ;
On ne fait pas pourquoi, mais on a des vapeurs,
Enfin on danfe, on valfe & l'on a le délire !

4

Mais il fort de la vie un éclair de raifon
Qui brille & vous entr'ouvre un plus vafte horizon :
On aime, on fe marie, & bientôt on eft mère!

Et vous l'êtes, Madame, & dans vos bras bercé,
Votre enfant adoré pourfuivra fur la terre
Le chemin de la vie où vous avez paffé.

Villa des Hirondelles, 1875.

LA VILLA STELLA

A Monſieur & à Madame G. de B***

L A mer! C'eſt notre vie orageuſe ou tranquille
Qui ſubit les haſards des vents capricieux,
Et notre âme inquiète eſt la barque indocile
Qui tantôt ſombre au port & tantôt monte aux cieux.

Comme Horace jadis recommandait aux dieux
L'ami qui s'embarquait ſur un vaiſſeau fragile,
A travers nos écueils je fais auſſi des vœux
Pour que Dieu vous accorde un voyage facile.

Le Ciel vous infpirait quand à votre villa
Vous avez attaché le doux nom de Stella :
C'eft l'un des noms qu'on donne à la Vierge Marie.

Stella matutina! donnez à mes amis
Les flots les plus conftants, les vents les plus foumis,
Pour les conduire au port de l'éternelle vie.

   Villa des Hirondelles, 1876.

A L'ABBÉ C ***

*Directeur de la maison des Prêtres infirmes, à Cannes,
lorfqu'il quitta fa petite maifon pour en prendre une plus
vafte, dans l'intérêt de fon œuvre.*

JE fais de vos projets la pieufe raifon
Et fouhaite ardemment leur prompte réuffite,
Mais j'aimais, cher abbé, votre pauvre maifon
Pour votre zèle ardent aujourd'hui trop petite.

C'eft vrai ! Le réfectoire était une guérite ;
Les lits fe prélaffaient partout, même au falon ;
Le jardin à l'entour n'était ni beau, ni long,
Mais votre humble chapelle avait bien fon mérite.

C'était l'ancien bûcher; on y plaça l'autel
Où le faint facrifice eft grand comme à Saint-Pierre!
Ce bûcher tranfformé, d'où montait la prière,

Me rappelait celui que l'innocent Abel
Dreffa fur la montagne & dont la flamme claire
Pour arriver à Dieu s'élançait droite au Ciel.

Villa des Hirondelles, 1875.

AUX MÈRES AFFLIGÉES

JE veux vous confoler, maternelles douleurs !
Oui, des petits enfants les âmes ébauchées,
Qu'avant le temps la mort, ici-bas, a fauchées,
Forment au paradis un parterre de fleurs.

Ah ! ne tariffez pas la fource de vos pleurs !
Sur leurs petits tombeaux vos larmes épanchées
Ont redonné la vie à leurs tiges penchées,
Et ces êtres chéris ont repris leurs couleurs.

Les anges fecouant la brife de leurs ailes,
Pour les faire fleurir, voltigent autour d'elles
Comme des oifeaux bleus & des papillons d'or;

D'un maternel regard la Vierge les careffe,
Et leur fait de vous voir la riante promeffe;
Vous pourrez les cueillir & les bercer encor!

Villa des Hirondelles, 1875.

A MONSIEUR E***

L E doĉteur, m'a-t-on dit, te condamne au filence,
Ami, tant pis pour nous! Ah! ce ferait tant mieux
Si fon décret frappait les conteurs ennuyeux,
Les violons criards, les chanteurs de romance!

Que ne rend-il muets, s'il en a la puiſſance,
Les avocats bruyants, les favants bilieux,
Les chiens, les perroquets, & les fous furieux
Qui fèment de difcours la tribune & la France!

Ils ne fe doutent pas que le filence eft d'or;
Pour parler on les paie!... on paierait plus encor
Si ces maudits bavards confentaient à fe taire!

Mais toi, dont le langage élégant & fleuri
Parfume le tympan du fexe favori,
Réfifte à ton doƈteur, ma foi! laiffe-le braire.

Villa des Hirondelles, 1876.

A MA PETITE-FILLE GERMAINE

Pour le jour de fa première communion, le 11 mai 1876.

JÉSUS vous aime, enfants... Par la foule acclamé,
C'eft vous qu'il préférait ; s'il vous voit, il ordonne
De vous laiffer venir auprès de fa perfonne.
Il veut être pour vous un père bien aimé.

Il vous aime encor plus en ce beau jour de mai :
C'eft lui qui vient à vous, à vous tous il fe donne
A chacun tout entier, & fon cœur vous promet
Ici-bas fon amour & là-haut fa couronne.

Tu vas le recevoir! Ah! garde bien ta foi,
Germaine! Le chemin qui s'ouvre devant toi
Aura des jours de peine & des jours de lumière...

Mais quand viendra l'orage obfcurcir l'horizon,
Tu fauras le bonheur d'avoir à la maifon
Le doux Jéfus pour hôte & fa Mère pour mère.

Paris, 1876.

MAUVAISE HUMEUR

L n'eſt pas de plaiſir qui bientôt ne s'enfuie;
Dans la foule on eſt ſeul, ou bien, ſi l'on eſt deux,
Souvent la main vous manque à laquelle on s'appuie
Et l'on tombe, le nez ſur le pavé fangeux.

Laid ou beau, riche ou pauvre, humble ou fier, on s'ennuie;
C'eſt notre lot à tous! que l'on ſoit jeune ou vieux,
Qu'il faſſe du ſoleil, du vent ou de la pluie,
Froid, tiède, chaud, qu'importe! on bâille à qui mieux mieux.

J'en connais qui fe font décroché la mâchoire.
Les femmes & le jeu, l'éloquence & la gloire
N'y font rien!... Et pourtant, les loups dans leurs forêts,

Les bœufs au fond des prés, les oifeaux fur la branche
Lézard, taupe ou grillon, carpe, brochet ou tanche
Vont leur train comme nous, mais ne s'ennuient jamais.

Toiriat, 1876.

A LA DUCHESSE DE V ***

O N l'a dit bien fouvent : Les Dieux font en exil ;
Le chêne de Dodone a féché fur fa tige ;
Memnon ne chante plus dans les plaines du Nil
Et le vieil Apollon a perdu fon preftige !

Je fuis prefque auffi vieux, &, quand l'âge m'oblige
A ménager mes jours fufpendus par un fil,
Demander à janvier ce que donnait avril
C'eft demander beaucoup... Ce ferait un prodige !

Mais le cœur refte jeune, &, furpris par le foir,
Des rêves du matin s'illumine & fe dore :
On a le fouvenir fi l'on n'a plus l'efpoir.

L'obfcurité furvient & tout fe décolore ;
Que m'importe après tout l'horizon fombre & noir ?
Votre charmant fourire eft pour nous une aurore.

Villa des Hirondelles, 1877.

RIEN QU'UNE FLEUR

*A Madame A. E*** pour l'anniverſaire de ſa
naiſſance.*

CHACUN avec ardeur
De bouquets vous couronne ;
Moi, je fuis, j'en ai peur,
L'avarice en perſonne ;

Car je n'ai qu'une fleur
Qu'en tremblant je vous donne :
C'eſt une fleur d'automne
Écloſe dans mon cœur.

Hélas! fa deftinée
L'a déjà condamnée
A bientôt fe ternir...

Que fon parfum d'une heure
Reffufcite & demeure
Dans votre fouvenir!

Villa des Hirondelles, 1877.

AU COMTE DE P***

Vous favez ma maifon de foleil pavoifée,
Où l'hiver ne vient pas & dont l'horizon clair
Découvre à nos regards l'Efterelle & la mer.
J'en ouvre à tout venant la porte & la croifée.

Si l'efpace eft petit, nous avons le grand air
Qui boira nos foucis en buvant la rofée ;
Et, jour & nuit baigné des clartés de l'éther,
Son jardin eft pour moi... ce coin de l'Élyfée

Où Virgile nous peint, fous le ciel pur & bleu,
Graves & devifant fur les chofes de Dieu,
Les poètes divins, les favants & les fages.

J'ai des ombres auffi dans ces beaux payfages,
Ce font mes fouvenirs... où je revois préfents
Mes rêves difparus, & mes amis abfents.

Villa des Hirondelles, 1877.

LE TEMPS ARRÊTÉ

*A Madame la baronne de H****

I perles, ni rubis, ni fatin, ni velours,
Ni les robes de Worth, ni les flots de dentelles,
Qu'elles foient d'Alençon, de Maline ou Bruxellès,
Ni les titres, ni l'or, ni même les amours

Ne peuvent mettre un frein au temps qui va toujours;
J'en connais qui pourtant le tiennent par les ailes...
Jamais, malgré les ans & leur vol de vautours,
Les mères comme vous ne ceffent d'être belles.

Ainſi que le printemps, l'automne a ſa couleur,
Et le parfum du fruit vaut celui de la fleur;
Automne, été, printemps ont les mêmes familles.

Pour vous voir toutes trois, le temps s'eſt arrêté !
Et, par faveur du Ciel, vos deux charmantes filles
Éterniſent en vous la grâce & la beauté.

Villa des Hirondelles, 1877.

A UN AMI MARIÉ

QUAND vous faisiez la cour de votre air le plus tendre
Aux gens de la maison, au chien, au perroquet,
A l'oncle avec lequel vous perdiez au piquet,
On connaît votre but, vous vouliez être gendre.

Et, comme on embellit la marchandise à vendre,
Vous étiez bien vêtu, frisé, rasé, coquet,
Vous portiez chaque jour galamment un bouquet;
Vous étiez orgueilleux, vous n'étiez bon qu'à pendre !

Voleur du bien d'autrui, pour les autres fans cœur,
Égoïfte, jaloux, infâme accapareur,
Vous méritiez, Monfieur, la corde pour falaire;

Mais on vient m'attaquer & m'arracher les yeux,
Et c'eft ellé, elle-même!... ah! pardon! j'aime mieux,
Ami, tout oublier que ceffer de lui plaire.

　　　Villa des Hirondelles, 1877.

A MADAME A. E***

A la fin je suis las de chanter la louange
De ce sexe enchanteur, « *ondoyant & divers* »,
Elles ont tête folle & l'esprit à l'envers ;
De défauts, de vertus, c'est un chaos étrange.

Si l'ange est un démon, le démon est un ange ;
La lune, Mars, Vénus, ce monde & l'univers,
Si Dieu les consultait, iraient tout de travers ;
Leur cœur monte ou descend selon que le temps change.

Vrai baromètre! Il faut en prendre ſon parti,
Renonçons à l'amour, on eſt fou quand on aime;
Si l'on frappe à mon cœur... Crions qu'il eſt ſorti.

Quand ſur toutes ainſi je lance l'anathème,
Une petite voix me dit que je blaſphème,
Et je tombe à genoux en diſant : J'ai menti.

  Villa des Hirondelles, 1877.

A MADAME A. E***

Q UAND il gèle, on fe chauffe, & s'il pleut, on s'effuie;
S'il fait chaud, on s'évente affis fur le gazon,
Si le fol eft gliffant, l'un fur l'autre on s'appuie,
Si le verglas perfifte, on refte à la maifon.

Mais les femmes pour nous ont auffi leur faifon...
Le froid, le chaud, le vent, le foleil & la pluie.
Bien fou qui fur le temps étourdiment fe fie!
De prendre fon manteau l'on a toujours raifon.

Je ne le prends jamais lorfque chez vous j'arrive,
Car je fais y trouver une affection vive,
Sympathique regard, doux vifage, un cœur fûr!

Votre petite main vient de ferrer la mienne...
Aujourd'hui comme hier; merci! quoi qu'il advienne
En vous, autour de vous, le ciel eft toujours pur.

Villa des Hirondelles, 1877.

L'AMOUR CHASSEUR

A Madame L***

Dis-moi, la connais-tu, Dieu des amours, mon maître?
— Elle vient de Madrid & charme tous nos fens,
Si belle en vérité que chacun voudrait être
Regardé par fes yeux & croqué par fes dents.

C'eft vrai! fon fin fourire a des rayonnements;
Et fon profond regard eft comme une fenêtre
Qui s'ouvre à l'infini des horizons ardents...
Mais fa démarche lente, indécife, fait naître

Certains foupçons... — Blafphème! interrompit l'Amour,
Ne te fouviens-tu pas d'avoir vu l'autre jour
Un chaffeur étourdi bleffer une hirondelle?

Moi! j'ai fait comme lui; fache que la rebelle
Un inftant a voulu s'échapper de ma cour,
Et, pour l'y retenir, je l'ai bleffée à l'aile.

Villa des Hirondelles, 1877.

A UNE JEUNE MARIÉE

Qui s'appelait Charlotte.

ESDAMES! à quoi bon nous le diffimuler?
Comme Ève, chaque jour vous cueillez une pomme
Que vous faites manger toute crue à chaque homme
Sans ôter les pépins, fans même la peler.

Calville ou pomme à cidre... on ne peut reculer.
Qu'on foit du Jockey-Club ou de la haute gomme
Ou bien fimple bourgeois, ou fénateur... En fomme
On nous offre un fruit vert, il nous faut l'avaler.

— Quoi ! fans exception ! — Si fait, j'en connais une ;
De la voir parmi nous j'ai la bonne fortune ;
Sachez donc ce fecret que j'appris par hafard :

En fortant du couvent fans doute un peu dévote,
A fon mari madame offrit une Charlotte ,
Et nous défirons tous en avoir notre part.

Villa des Hirondelles , 1877.

LA BARQUE ET LA MER

VOTRE ciel eſt limpide & clair
Et votre front eſt ſans nuage;
Pourtant vos yeux lancent l'éclair
Qui ſouvent nous prédit l'orage;

Mais que la foudre ſoit dans l'air !
Je veux, en défi du naufrage,
Tenter un périlleux voyage,
Et livrer ma barque à la mer.

6

Frêle, fans bouffole & fans voiles,
Va donc, fur la foi des étoiles,
Affronter l'ouragan vainqueur;

Mais avant que le flot t'inonde,
Dis-lui qu'*Elle* eft la mer profonde
Et que la barque était mon cœur.

Villa des Hirondelles, 1877.

A MADEMOISELLE F. C***

ON Dieu! qu'elle eſt gentille
Avec ſes cheveux blonds
Qui friſent fins & longs
A travers ſa réſille!

On voit fous ſa mantille
Collines & vallons,
Et fon efprit pétille
De la tête aux talons.

Sa voix eſt une perle...
Elle ſiffle, & le merle
Se change en roſſignol.

Bel oiſeau, ſous les branches
Cachez vos ailes blanches,
Ou je vous tire au vol!

Villa des Hirondelles, 1877.

LES HIRONDELLES

A leurs amis de Prunevaux.

MYOPES chats-huants qui, des vieux marronniers
Où vous faites la cour à mefdames les chouettes,
Venez en tapinois, la nuit, dans nos greniers,
Débarraffer nos nids des rats & des belettes;

Et vous, pigeons pattus, tourterelles, ramiers;
Corbeaux en deuil, perdrix, joyeufes alouettes
Dont la voix fait dans l'air de vives pirouettes;
Bœufs cornus, vieille âneffe, & vous, chiens prifonniers;

Moutons rafés, lapins, chœur bruyant des volailles;
Lézards qui fillonnez à midi les murailles,
Efcargots bien logés, abeilles & grillons;

Nous reviendrons bientôt; moineaux, battez des ailes;
Réfervez notre part de friands papillons,
A revoir, les amis!... *Vos fœurs les hirondelles!*

Villa des Hirondelles, 1877.

A MADAME A. E***

Pour l'anniverſaire de ſa naiſſance.

UTOMNE, été, printemps, à vous trois je préfère
L'hiver qui s'illumine au ſoleil des flambeaux :
Vantez donc les raiſins mûris ſur vos coteaux,
Nous les foulons aux pieds pour remplir notre verre.

Vantez vos horizons !... En eſt-il de plus beaux
Que ce qu'on voit ici ?... La table hoſpitalière
Qui, ſur ſa nappe blanche où jaillit la lumière,
Nous ſert les mets exquis & les joyeux propos !

L'hiver! c'eſt l'amitié, la gaieté, l'abondance...
L'hiver! c'eſt ce beau jour qui nous réunit tous!
Amis, nous lui devons notre reconnaiſſance,

N'a-t-il pas, en dépit de nos printemps jaloux,
Fait éclore la fleur de grâce & d'élégance
Dont nous fêtons ce ſoir le nom charmant & doux?

Villa des Hirondelles, 1879.

A MADAME MARGUERITE D***

Pour faire fon portrait, j'aurais fur ma palette
Rofes, jafmins & lys, tulipe & camélia,
Et je pourrais choifir entre la violette,
Le lilas parfumé, l'opulent gardenia;

Je pourrais convoquer roffignol & fauvette;
Dante me prêterait Béatrice ou Lia,
Pétrarque fes fonnets à Laure, & Titania,
La reine des lutins, m'offrirait fa baguette;

Je pourrais dérober l'azur aux firmaments,
Piller rubis, faphirs, perles & diamants...
Les poètes du joùr en feraient fa couronne;

Mais fi de l'hyperbole & des comparaifons!
J'ai pour la bien aimer de meilleures raifons,
Et je n'ai qu'un feul mot à vous dire : Elle eft bonne.

Villa des Hirondelles, 1877.

A MADAME L***

A l'occasion d'une visite charitable à un malade.

LES anges n'ont pas tous aux épaules des ailes,
Ni de blancs vêtements, ni l'azur dans les yeux,
Ni cette toison d'or aux blondes étincelles
Qui font une auréole à leurs fronts radieux !

Tous ne font pas là-haut les messagers pieux
Qui de la terre au ciel transmettent les nouvelles,
Et tous n'entourent pas, aux fêtes solennelles,
De la mère du Christ le trône glorieux !

Le mien m'eſt apparu l'autre jour ! ſon viſage ,
Pâle & compatiſſant, répandait au paſſage
Sur tout ce qui ſouffrait un parfum de bonté ;

Mon logis s'éclaira d'eſpoir ; l'ange était femme !
Sa préſence, ſa voix, ſon regard velouté
Ont fait de meś douleurs une joie à mon âme.

Villa des Hirondelles, 1878.

A MADAME LA COMTESSE DE LA B***

JE n'ai jamais pu voir les lointains horizons,
Les océans, les nuits d'étoiles pavoifées,
Ni tout cet infini qui trouble nos raifons,
Ni cette éternité qui s'ouvre à nos penfées. . . .

Je n'ai jamais pu voir les collines boifées,
Ni le ruiffeau qui court à travers les buiffons,
Ni les fleurs s'entr'ouvrant fous les tièdes rofées,
Ni, fous bois, les oifeaux gazouillant leurs chanfons,

Sans me fentir le cœur plein de reconnaiffance
Et fans bénir Celui dont la toute-puiffance
De fes dons merveilleux fut prodigue envers nous,

Et je n'ai pas pu voir votre taille de Fée,
Vos traits charmants, vos yeux fpirituels & doux,
Sans rendre grâce à Dieu de vous avoir créée.

Toiriat , 1878.

ANNIVERSAIRE 1880

A Madame A. E***

A chaque anniverfaire un an roule au paffé !
Un an ! pour nous mêlé de foleil & de pluie,
De jours où l'on eft gai, de jours où l'on s'ennuie ,
Et tour à tour de rire & de pleurs traverfé !

Le mien m'a retrouvé plus vieux & plus laffé ;
J'ai fait de longs adieux à ma jeuneffe enfuie ;
Je fens, fous moi, fléchir la branche où je m'appuie
Et je fuis déjà loin dans le chemin tracé.

Un an ajoute un poids au fardeau de ma vie...
Mais je ſuis réſigné, j'ai pour philoſophie
Une douce amitié dont je ſuis ſûr & fier;

Car vous êtes, Madame, à vos amis fidèle,
Toujours auſſi charmante, auſſi bonne, auſſi belle!
Ah! c'eſt que pour vous ſeule, un an eſt comme hier.

  Villa des Hirondelles, 1880.

A MADAME A. S***

Le jour de son mariage.

L'ENFANCE est, au début, une source d'eau vive
Qui, faible, du rocher descend à petit bruit ;
Dans son étroite coupe où le soleil reluit
S'abreuvent le pinson, l'hirondelle & la grive.

Puis la source devient un ruisseau qui s'enfuit
A travers le gazon & les fleurs de sa rive,
S'arrêtant sur les prés, fredonnant jour & nuit,
Mais conservant toujours sa clarté primitive.

7

Enfin l'âge eſt venu... C'eſt la vie à plein bord,
Et pour la traverſer il faut un double effort,
La rivière eſt profonde, il faut doubler la voile.

Confiez votre barque à ce vaillant rameur
Qui vous offre ſon bras, ſa poitrine & ſon cœur;
Il ſera le pilote, & vous! ſa blonde étoile.

Toiriat, ſeptembre 1880.

A MON LIVRE [1]

En l'offrant à Madame F. R***

ENTREZ fans crainte, entrez, la maifon eft charmante,
Un bois plein d'ombre en fait un nid contre l'été;
Vous ferez bien reçu; car en tous lieux on vante
De fes maîtres l'accueil & l'hofpitalité.

Préfentez-leur vos vers, non pas pour leur beauté;
Ce que nous leur offrons, c'eft le fuc de la plante. . . .
Ils y verront paffer la Vierge triomphante,
Miracle de la grâce & de la pureté !

[1] Notre-Dame des Poètes, *chez V. Palmé, 1879.*

A travers maint pays ce livre eſt un voyage ;
Vous lirez bien des noms au bas de chaque page :
Je ſuis l'introduĉteur de ces grands écrivains...

Mon but eſt de vous mettre en bonne compagnie,
Et vous reconnaîtrez les poètes divins
Qui, tous, devant la Vierge inclinaient leur génie !

Toiriat.

A MON LIVRE [1]

En l'envoyant à Madame E. R***

O livre bien aimé que je lance au hafard
Et qui devez courir par monts & par vallées,
Arrêtez-vous ici, dans ce féjour de l'art,
Raffemblez un inftant vos feuilles envolées !

De l'hofpitalité vous aurez votre part !
Mains mignonnes, de lys & de rofe mêlées,
Foffettes rondes, doigts aux pointes effilées,
Bientôt vont feuilleter vos pages ; — & plus tard,

[1] Notre-Dame des Poètes, *chez V. Palmé, 1879.*

Si vous favez lui plaire, efpérons plus encore,
La dame aux blanches mains, fur le clavier fonore,
A vos vers mêlera fon chant mélodieux,

Et fa voix qui dans l'air fème des étincelles
En les rendant plus purs leur donnera des ailes
Pour arriver aux pieds de la reine des Cieux.

Toiriat.

CHATEAU DE TORCY

A Madame D***

J'AI vu ce lieu charmant de l'hiver abrité
Par le riant manteau des collines boifées,
Où des arbres épais les voûtes enlacées
Font de leur frais ombrage un abri pour l'été !

J'ai vu le maître heureux de ce coin enchanté ;
La perdrix qui piétine & court dans les rofées,
Et l'active hirondelle à l'angle des croifées
Vous diront comme moi fon hofpitalité.

Mais, Torcy, quand j'ai vu ta belle châtelaine
De fes bras tout émus faire une double chaîne
A l'enfant adoré dont nous fommes jaloux,

A l'amour maternel qui dans fes yeux rayonne,
J'ai cru de Murillo revoir une madone
Avec l'enfant Jéfus affis fur fes genoux.

     Prunevaux.

TABLE

Table 91

MATISCONE

Ex Officina PROTAT

Cura & impensis

AUCTORIS

TYPIS ELZEVIRIANIS

———

cIɔ. Iɔ. ccc. LXXXI